octobre 1891
rivière – Thibouville

COLLECTION
De feu M. LOUIS-ADOLPHE LOISEL

Ancien maître de poste

ANCIENNES

FAIENCES FRANÇAISES

ET AUTRES

Objets de Curiosité

MEUBLES EN BOIS SCULPTÉ

VENTE

à La Rivière-Thibouville (Eure)

Au domicile de feu M. Loisel

Le Dimanche 18 Octobre 1891

ET LES QUATRE JOURS SUIVANTS

à une heure précise

EXPOSITION PUBLIQUE

Du Dimanche 11 au Samedi 17 Octobre

de une heure à cinq heures.

HOMO ADDITVS NATVRÆ

IMPRIMERIE DE L'ART

CATALOGUE

DES

ANCIENNES FAIENCES

DE

Rouen, Nevers, Moustiers, Sceaux, Delft, Urbino, etc.

PORCELAINES, VERRERIE, MONNAIES

Émaux champlevés, Sculptures

OBJETS VARIÉS

MEUBLES GOTHIQUES ET DE LA RENAISSANCE

EN BOIS SCULPTÉ

ÉCRAN RÉGENCE EN BOIS SCULPTÉ ET TAPISSERIE AU POINT

Composant la Collection

DE FEU M. LOUIS-ADOLPHE LOISEL

Ancien maître de poste

ET DONT LA VENTE AURA LIEU

A LA RIVIÈRE - THIBOUVILLE (EURE)

Les Dimanche 18, Lundi 19, Mardi 20, Mercredi 21
et Jeudi 22 Octobre 1891, à 1 heure précise

Par le Ministère de Me **GUSTAVE LEFÈVRE**

Huissier à Beaumont-le-Roger

Assisté de **M. CHARLES MANNHEIM**, expert

7, rue Saint-Georges, à Paris

Et avec le Concours de Me **PAUL CHEVALLIER**

Commissaire-priseur, à Paris, 10, rue de la Grange-Batelière

Chez lesquels se distribue le présent Catalogue

EXPOSITION PUBLIQUE

Du Dimanche 11 au Samedi 17 Octobre 1891

DE UNE HEURE A CINQ HEURES

CONDITIONS DE LA VENTE

Elle sera faite au comptant.

Les Acquéreurs paieront *dix pour cent* en sus du prix d'adjudication, applicables aux frais.

L'exposition mettant le public à même de se rendre compte de l'état des objets, aucune réclamation ne sera admise une fois l'adjudication prononcée.

Paris. — Imp. de l'Art. E. Ménard et Cie, 41, rue de la Victoire.

MOYENS DE TRANSPORT

ALLER

Trains s'arrêtant à La Rivière-Thibouville.

Départ de Rouen. . .	5 h. 58 mat.	Arrivée	7 h. 48 mat.
— de Rouen. . .	10 h. 45 mat.	—	12 h. 48 soir.
— de Caen . . .	6 h. »» mat.	—	9 h. 9 mat.
— de Trouville .	6 h. 10 mat.	—	9 h. 9 mat.
— de Honfleur. .	6 h. »» mat.	—	9 h. 9 mat.
— de Caen . . .	11 h. 54 mat.	—	2 h. 20 soir.
— de Trouville .	11 h. 13 mat.	—	2 h. 20 soir.
— de Honfleur. .	10 h. 54 mat.	—	2 h. 20 soir.

Trains s'arrêtant à Serquigny.

Départ de Paris. . .	8 h. 20 mat.	Arrivée	11 h. 20 mat.
— de Caen . . .	8 h. 58 mat.	—	10 h. 53 mat.
— de Trouville .	9 h. 2 mat.	—	10 h. 53 mat.
— de Honfleur. .	8 h. 48 mat.	—	10 h. 53 mat.

N. B. — Des voitures se tiendront à la disposition des amateurs pour les conduire de Serquigny à La Rivière-Thibouville. (Distance : environ 6 kilomètres.)

RETOUR

Départ de La Rivière.	6 h. 38 soir.	Arrivée à Rouen.	8 h. 54 soir.
* — de La Rivière	7 h. 35 soir.	— à Caen .	10 h. 38 soir.
* — de La Rivière.	7 h. 35 soir.	— à Paris .	11 h. 55 soir.

* *Pour les deux derniers trains, les voyageurs ont le temps de dîner à Serquigny.*

ORDRE DES VACATIONS*

Le Dimanche 18 Octobre 1891.

Faïences de Rouen, décor bleu et rouille	Nos	1 à 10
Faïences de Rouen, décor polychrome	—	93 à 122
Faïences de Rouen, décor bleu	—	212 à 231
Faïences de Moustiers	—	300 à 317
Faïences diverses françaises	—	318 à 335
Verrerie	—	464 à 490
Meubles	—	598 à 602

Le Lundi 19 Octobre 1891.

Faïences de Rouen, décor bleu et rouille	—	11 à 25
Faïences de Rouen, décor polychrome	—	57 à 92
Faïences de Rouen, décor bleu	—	232 à 251
Faïences diverses françaises	—	336 à 360
Porcelaines	—	431 à 463
Meubles	—	603 à 607

Le Mardi 20 Octobre 1891.

Faïences de Rouen, décor bleu et rouille	—	26 à 40
Faïences de Rouen, décor polychrome	—	123 à 152
Faïences de Rouen, décor bleu	—	192 à 211
Faïences diverses françaises	—	361 à 385
Faïences étrangères	—	386 à 410
Meubles	—	608 à 612

Le Mercredi 21 Octobre 1891.

Faïences de Rouen, décor bleu et rouille	—	41 à 56
Faïences de Rouen, décor polychrome	—	153 à 191
Faïences de Rouen, décor bleu	—	252 à 271
Faïences de Nevers	—	272 à 299
Faïences étrangères	—	411 à 430
Meubles	—	613 à 619

Le Jeudi 22 Octobre 1891

Sculptures en bois	—	491 à 513
Sculptures diverses	—	514 à 524
Objets variés (comprenant les monnaies, les émaux, les poteries gallo-romaines, les minéraux, les coquillages, etc.)	—	525 à 597
Meubles	—	620 à 634

* *N. B. — L'ordre numérique ne sera pas suivi.*

Ce n'est pas aux compatriotes de M. Loisel que s'adressent ces quelques lignes : la collection qui faisait le juste objet de son orgueil est assez célèbre à dix lieues à la ronde, le souvenir sans tache qu'il a laissé, assez vivace pour que la lecture leur en soit superflue ; c'est aux étrangers au pays, aux Parisiens surtout, qui ne manqueront pas de prendre part aux enchères, qu'est destinée cette notice, à ceux enfin qui, n'ayant pu eux-mêmes apprécier les qualités de M. Loisel, ne seront pas fâchés, avant de se mettre en route, de savoir ce qu'il a été et d'en tirer quelque augure sur ce qu'il possédait.

Issu d'une ancienne famille de la Rivière-Thibouville, M. Louis-Adolphe Loisel succéda à son père en 1832 comme maître de poste. Doué d'une remarquable puissance d'organisation, il donna vite une extension énorme à l'entreprise qui lui tombait entre les mains, en faisant rayonner sur les localités importantes de la Normandie un nombre considérable de voitures et complétant ainsi les communications de toutes les villes des départements de l'Eure, du Calvados et de la Manche avec Paris. Puis, ne redoutant pas d'affronter la concurrence avec les Messageries royales ou impériales et les Messageries générales Laffite, Caillard et Cie, il fonda lui-même une ligne rapide entre Paris et Caen sous la raison sociale « Messageries Petit, Loisel et Cie ». Peut-être quelques vieux Parisiens se rappellent-ils ces diligences qui les menaient à Caen en dix-neuf heures et qui, une fois, pour se venger d'une des sociétés rivales, accomplirent le trajet en quinze heures. Ce qui, mieux que toutes les phrases élogieuses, permettra de se faire une idée de la rare intelligence de M. Loisel et de son énergie, c'est son succès lors de l'ouverture du chemin de fer de Paris à Caen en 1855. Prévoyant l'avenir du mode tout récent de locomotion, il offre à la Compagnie de l'Ouest de cesser son service moyennant 25,000 fr. ; celle-ci repoussant avec dédain la proposition, M. Loisel soutient pendant deux ans la lutte avec une telle vigueur que, si récalcitrante d'abord, la Compagnie lui paie 180,000 fr. d'indemnité, exigeant de lui, en outre, l'engagement formel de renoncer désormais à toute industrie de transports dans le réseau.

A partir de cette date, M. Loisel, condamne à des loisirs forcés, put se livrer entièrement à ses goûts pour les arts. Ce penchant fut, de plus, pour lui, une source de consolations ; ayant eu peu auparavant à déplorer la mort de sa fille unique, décédée presque subitement, il trouva là une diversion heureuse à sa profonde douleur.

Cette époque déjà lointaine où a été formée la collection, constitue, pour l'authenticité des pièces qui la composent, une garantie des mieux fondées.

Une autre recommandation, non moins sérieuse, ce sont les relations que M. Loisel avait su se créer avec les archéologues les plus renommés de son temps : M. Lenormant, conservateur à la Bibliothèque impériale, M. de Caumont, son parrain à la Société française d'archéologie, dont les précieux conseils contribuèrent dans la plus large mesure à son éducation artistique. Outre la fréquentation de ces deux maîtres, M. Loisel était fort lié avec MM. André Pottier, Champfleury, Gouellain, l'abbé Cochet et autres notabilités archéologiques du voisinage. Aussi n'est-il pas surprenant qu'il soit parvenu à un brillant résultat, secondé du reste par une étonnante facilité d'assimilation et une activité extraordinaire, parcourant sans cesse la contree, se renseignant à droite et à gauche sur l'existence de curiosités cachées, se rendant coûte que coûte aux bons endroits et arrachant toujours en fin de compte le bibelot au détenteur le plus tenace.

Cette origine locale à peu près exclusive de ses acquisitions explique la prédominance de la céramique rouennaise dans la collection et tient lieu des meilleurs certificats pour cette série de produits si proches de leur lieu de fabrication. Presque tous les genres de faïences rouennaises sont représentés à la Rivière-Thibouville.

Les mêmes observations s'appliquent aussi aux meubles, dont plusieurs peuvent être attribués à des artistes normands.

Enfin, comme il serait oiseux de répéter ici ce qu'on trouve plus loin au catalogue, bornons-nous à signaler une croix limousine en cuivre champlevé et émaillé qui ne craindrait pas la comparaison avec la croix analogue qui figure dans la galerie Spitzer.

Souhaitons, pour terminer, que les belles pièces de la collection séduisent quelques-uns de nos Musées ou certains de nos fidèles amateurs, afin que M. Loisel, s'il lui était accordé de les y contempler, n'ait pas à rougir de leur nouvelle famille.

DÉSIGNATION DES OBJETS

FAIENCES DE ROUEN

Décor bleu et rouille.

1 — Grand et beau plat rond à riche décor rayonnant bleu et rouille. Au centre, large rosace dont partie à fond bleu, donnant naissance à des rayons qui se prolongent jusque sur le marli. Ce dernier est décoré de lambrequins à fond bleu et de corbeilles de fleurs dans les entre-deux qui se développent à la chute et sur le fond du plat. — Diam., 56 cent.

2 — Grand plat rond à décor bleu et rouille. Au centre, corbeille de fleurs sur un motif de ferronnerie avec draperie. Au marli et retombant sur la chute, corbeilles de fleurs et motifs d'ornements se détachant sur fond bleu. — Diam., 59 cent.

3 — Grand plat rond. Au fond et en camaïeu bleu, un double écu d'alliance timbré d'une couronne de marquis et cantonné d'un lion et d'un mouton rampant sur un motif de ferronnerie à rinceaux. Au pourtour, en décor bleu et rouille, une couronne composée de lambrequins fleuris alternant avec des masques de satyres. Au marli, lambrequins fleuris et rinceaux très délicatement traités en bleu et rouille. — Diam., 54 cent.

4 — Plat rond et creux, décor bleu et rouille. Au fond intérieur, corbeille de fruits et de fleurs sur un motif de ferronnerie avec tablier. Au bord, couronne de fleurs et de rinceaux sur fond bleu avec entre-deux à quadrillages en rouille. Au pourtour extérieur, motifs de ferronnerie en bleu formant lambrequins et renfermant des quadrillages en rouille. — Diam., 34 cent.

5 — Saladier à bord renversé. Au fond, groupe de trois personnages en camaïeu bleu et initiales G. N. Au pourtour, triple bordure en bleu et rouille dont une large à rinceaux, coquilles et fleurs sur fond bleu. — Diam., 36 cent.

6 — Grand plat rond, décor polychrome. Au fond, une rosace. Au pourtour, couronne de fleurettes rayonnantes et cornets de fleurs reliés par des draperies. Au marli, petits lambrequins quadrillés de rouge. — Diam., 50 cent.

7 — Bannette oblongue à angles coupés et à deux anses, décor bleu et rouille avec touches d'ocre jaune. Au fond, dans un bouquet d'arbustes, quatre enfants, dont l'un vêtu d'une ample robe et les autres nus, se livrent à divers travaux. A la chute, lambrequin chargé de quadrillages avec guirlandes de fleurs. — Long., 40 cent.

8 — Bannette plus petite que la précédente, et n'en différant que par de légères variantes dans le motif central. — Long., 32 cent.

9 — Bannette oblongue à angles coupés et à deux anses, décor bleu et rouille. Au centre, corbeille de fleurs supportée par une retombée quadrillée d'où naissent deux cornes d'abondance. A la chute, bordure lambrequinée ornée de guirlandes de fleurs. — Long., 39 cent.

10 — Bannette oblongue à angles coupés et à deux anses,

décor bleu et rouille comprenant un motif central orné de mascarons, fleurs et draperies et une bordure lambrequinée. Même décor qu'au n° 228. — Long., 45 cent.

11 — Bannette oblongue à angles coupés et à deux anses, décor bleu et rouille. Au centre, deux personnages orientaux assis et se faisant face; la chute est ornée de compartiments contenant soit un personnage chinois, soit des draperies, et séparés par des montants chargés de quadrillés et de palmettes. — Long., 42 cent.

12 à 17 — Six assiettes à décor bleu et rouille. Au centre, corbeille de fleurs; au marli, lambrequin présentant alternativement sept gerbes de fleurs et sept quadrillés.

18-19 — Deux assiettes à décor bleu et rouille. Au centre, corbeille de fleurs supportée par un motif quadrillé; au marli, lambrequin formé de quadrillés reliés par des guirlandes.

20-21 — Deux assiettes à décor bleu et rouille. Au centre, corbeille de fleurs; au marli, lambrequin présentant huit touffes de fleurs alternant avec autant de quadrillés.

22 à 26 — Cinq assiettes décorées en bleu et rouille avec rehauts de vert. Au centre, les petits forgerons; au marli, quadrillés reliés par des guirlandes.

27 — Compotier octogone à décor bleu et rouille. Au centre, panier fleuri; à la chute, lambrequin composé de pendentifs de fleurs, palmettes et quadrillés.

28 — Assiette décorée en bleu et rouille avec légers rehauts de vert. Au centre, un amour assis sur une corbeille de fleurs; au marli, corbeilles alternant avec des retombées de palmettes et reliées par des guirlandes de fleurs.

29 — Petite assiette décorée en bleu et rouille : personnages et double couronne de rinceaux et d'imbrications.

30 — Bannette oblongue à angles coupés et à deux anses, décor bleu et rouille, composé d'un personnage chinois assis, avec double encadrement formé d'une bande ornée de motifs carrés.

31 — Bannette oblongue à angles coupés et à deux anses, décor bleu et rouille rehaussé de vert: au fond, une corbeille fleurie; à la chute, réserves alternées de quadrillés et de fleurs.

32 — Bannette oblongue à angles coupés et à deux anses, décor bleu et rouille, composé d'un panier fleuri entouré de jetés de fleurettes avec bordure à fleurs et quadrillés.

33 — Bannette oblongue à angles coupés et à deux anses, décor bleu et rouille avec touche de vert, composé d'un panier fleuri entouré de jetés de feuilles; bordure ornée de fleurettes.

34 — Bannette oblongue à angles coupés et à deux anses, décor bleu et rouille, composé d'un panier de fleurs accosté de deux oiseaux; bordure étroite de fleurs et quadrillés.

35 — Fontaine d'applique avec couvercle, décorée en bleu et rouille d'une guirlande de fleurs, de montants et de lambrequins chargés de feuilles et de palmettes.

36 — Plat à barbe à décor bleu et rouille : corbeille de fleurs avec lambrequin imbriqué au marli.

37 — Bassin à bords renversés, de forme oblongue, à angles coupés; décor bleu et rouille : corbeille de fleurs avec galon en bordure.

38 — Plat rond de forme contournée, à décor bleu et rouille : corbeille de fleurs avec galon quadrillé au marli.

39 — Bannette oblongue à angles coupés et à deux anses,

décor bleu et rouille : corbeille fleurie encadrée d'un galon avec autre galon en bordure.

40 — Compotier octogone bleu et rouille : corbeille de fleurs entourée d'un galon ; galon également en bordure.

41 — Plat oblong à angles coupés, à décor bleu et rouille : corbeille de fleurs au centre; galon au marli.

42 — Flambeau à décor bleu et rouille de lambrequins et palmettes.

43 — Bassin à huit pans et à deux anses, décor bleu et rouille ; bordure de palmettes.

44 — Deux burettes à décor bleu et rouille de lambrequins.

45 — Bouteille à décor bleu et rouille : lambrequins fleuris.

46 — Hanap forme casque avec mascaron saillant sous le goulot, décor bleu et rouille à rinceaux, lambrequins, feuillages et ornements. — Haut., 29 cent.

47 — Hanap analogue à celui qui précède, mais un peu moins grand. — Haut., 26 cent.

48 — Deux petits vases de forme octogone et à gorge, décor bleu et rouille à lambrequins et retombées de fleurs. — Haut., 22 cent.

49 — Deux petites mules, décor bleu et rouille, à fleurs et ornements.

50 — Porte-huilier oblong et à pans, avec mascarons saillants à ses extrémités; riche décor bleu et rouille. Au pourtour, compartiments renfermant des branches fleuries formant rinceaux; sur le dessus et à la base, fleurs et fruits sur fond bleu. Marque G B (Guillebeau.)

51 — Porte-huilier de même forme, décor bleu et rouille.

Au pourtour, branches de fruits; sur le dessus, ornements, feuillages et quadrillages.

52 — Porte-huilier analogue à celui qui précède.

53 — Porte-huilier de même forme que ceux qui précèdent, décor bleu et rouille. Au pourtour, couronne d'ornements et de fleurs; sur le dessus, décor analogue.

54 à 56 — Trois porte-huiliers de même forme, décor bleu et rouille, à fleurs et ornements.

FAIENCES DE ROUEN ET DE SINCENY

Décor polychrome.

57 — Très belle fontaine-applique en forme de vase couvert, à deux anses têtes saillantes et anneaux, et goulot de métal s'échappant d'un mascaron avec coquille au-dessus; riche décor polychrome avec rehauts de jaune, composé de lambrequins, de guirlandes de fleurs et de fruits, de coquilles, d'animaux fantastiques et de deux grandes fleurs de lis. Cette pièce est accompagnée de son bassin de forme ovale, avec anses à mascarons et anneaux, qui présente un décor analogue à la pièce. — Hauteur de la fontaine, 64 cent.; larg., 40 cent.; hauteur du bassin, 21 cent.; larg., 45 cent.

58 — Sucrière à saupoudrer en forme de balustre, avec couvercle en dôme repercé, décor polychrome de pagodes avec bordures quadrillées et fleurettes. Sinceny.

59 — Grand plat rond à décor polychrome, de style chinois. Au fond, pagodes et arbustes. Au marli, quadrillages verts avec fleurettes et quatre réserves de fleurs. — Diam., 50 cent.

60 — Plat rond, décor polychrome. Au fond, branches de grenades; au marli, quadrillages verts avec fleurs formant demi-rosaces et cinq réserves de fleurs; au bord, galon à fond jaune et dessin noir. — Diam., 39 cent.

61 — Plat rond et creux, décor polychrome. Au centre, une corbeille de fleurs; au bord, couronne de fleurs et de grenades sur fond bleu. — Diam., 40 cent.

62 — Beau saladier à bords festonnés, décor polychrome avec rehauts de jaune. Au fond, paysage de style chinois avec trois personnages; au pourtour, six compartiments de fleurs et d'oiseaux et trois autres à fond bleu quadrillé et à rosace jaune au centre; au bord, galon de feuillages et de rinceaux bleus et jaunes; au pourtour extérieur, branches de fleurs. — Diam., 25 cent.

63 — Saladier carré à angles arrondis et rentrants, décor polychrome. Au fond, corne d'abondance, ornements rocaille, fleurs et oiseaux; au pourtour, fleurs et ornements avec quadrillages à fond vert au bord. — Diam., 24 cent.

64 — Plat rond et creux, décor polychrome de style chinois: trois personnages devant une balustrade. Au premier plan, des rochers fleuris; au pourtour intérieur, branches fleuries en bleu et rouille. Marqué G. S. Sinceny. — Diam., 36 cent.

65 — Jolie saucière oblongue garnie de deux petites anses formant anneaux, décor polychrome de style chinois, à personnage dans un paysage, avec arbustes et fleurs. Au-dessous la lettre S. Sinceny.

66-67 — Deux assiettes polychromes, décorées au centre d'une corbeille de fleurs et, au marli, d'un lambrequin composé de quadrillés et de guirlandes de fleurs.

68-69 — Quatre assiettes polychromes, décor à la pagode; au marli, quadrillé interrompu par quatre réserves de fleurs. Sinceny.

70 à 73 — Quatre assiettes polychromes à bordures festonnées; elles représentent, dans un encadrement rocaille, l'une, une scène galante; l'autre, deux femmes jouant aux cartes ; la troisième, deux amours ; la dernière, un personnage grotesque.

74 — Bannette oblongue à angles coupés et à deux anses, décor polychrome en plein, présentant un paysage avec cinq personnages, au premier plan, vêtus à l'orientale. — Long., 39 cent.

75 — Bannette oblongue à bords festonnés et à deux anses, décor polychrome à la corne d'abondance avec oiseau et papillon.

76 — Bannette oblongue à bords festonnés et à deux anses, décor polychrome à la corne d'abondance, oiseaux et insectes.

77 — Bannette oblongue à bords festonnés et à deux anses, décor polychrome à la corne d'abondance, avec oiseau, papillon et insectes.

78 — Bannette oblongue à bords contournés et à deux anses, décor polychrome, composé au centre d'une fleur, et à la chute de fleurs sur fond quadrillé.

79 — Bannette oblongue à bords festonnés et à deux anses, décor polychrome de fleurs au centre et à la chute.

80 — Bannette oblongue à angles coupés et cintrés et à deux anses, décor polychrome : gerbe de fleurs au centre.

81 — Plat circulaire à bords festonnés, décor polychrome à

la pagode; le marli est orné de compartiments alternés de quadrillés et de fleurs. Sinceny.

82-83 — Deux plats analogues au précédent, mais plus petits. Sinceny.

84 — Bannette oblongue à angles coupés et à deux anses, décor polychrome à la pagode; la chute est décorée de compartiments alternés de quadrillés et de fleurs.

85 — Bannette semblable à la précédente, mais émaillée différemment. Sinceny.

86 — Bannette de forme allongée et à bordure très découpée et à deux anses, décor polychrome dit au carquois : au centre, les attributs de l'amour et, à la chute, lambrequin chargé de fleurs sur fond quadrillé.

87 — Compotier rond à bords découpés, décor polychrome de fleurs au centre, et de lambrequins fleuris à la chute.

88 — Compotier rond à bords découpés, décor polychrome en plein, composé d'un personnage oriental tenant un parasol et placé entre une pagode et un arbuste fleuri.

89 à 91 — Trois assiettes à bords festonnés, décor polychrome à la corne d'abondance, avec vase de fleurs, insectes et réserve contenant un paysage.

92 — Petit compotier à bords découpés, présentant un décor analogue à celui des assiettes précédentes.

93 — Compotier octogone à décor polychrome rayonnant; au fond, un motif composé de quadrillés verts amortis en fleurettes; bordure ornée d'un ruban également orné de quadrillés.

94 — Compotier octogone polychrome, décor à la corne d'abondance avec branches de fleurs.

95 — Compotier octogone polychrome, décor à la corne d'abondance, avec branches de fleurs, papillons et insectes.

96 — Compotier à bords contournés, décor polychrome à la corne d'abondance, avec branches de fleurs et insectes.

97 — Petit compotier creux circulaire, à bords festonnés, décor polychrome à la corne tronquée, avec haie fleurie, gerbe de fleurs et insectes.

98 — Petit compotier à bords découpés, décor polychrome, composé d'une fleur au centre avec bordure fleurie.

99 — Compotier à bords contournés, décor polychrome à la corne d'abondance, avec branches et vase de fleurs et réserve contenant un paysage.

100 — Compotier creux à bords contournés, décor polychrome à la corne d'abondance, avec branches fleuries, insectes et gros papillon à la chute.

101 — Compotier octogone à bordure festonnée, décor polychrome à la corne d'abondance, avec branches de fleurs et insectes.

102 — Compotier analogue au précédent, mais moins vif de coloration.

103 — Petit plat octogone, décor polychrome à la corne tronquée, avec gerbe et jetés de fleurs, insectes et oiseaux.

104 — Compotier creux circulaire à bordure festonnée, présentant en couleurs et en plein deux branches fleuries entre lesquelles se trouve une flaque d'eau où se jouent deux oiseaux.

105 — Bannette oblongue à bords contournés et à deux

anses, décor polychrome à la double corne d'abondance, avec fleurs, oiseau et papillon.

106 — Deux petits compotiers à bords découpés, décor polychrome à la corne d'abondance.

107 — Compotier octogone, décor polychrome à la corne tronquée, avec haie fleurie.

108 — Compotier octogone, décor polychrome à la corne tronquée, avec fleurs, insectes et oiseaux.

109 — Petit plat oblong à bords contournés, décor polychrome composé d'une corbeille fleurie au centre, avec bordure lambrequinée chargée de fleurs sur fond pointillé.

110 — Plat circulaire à bords contournés, décor polychrome de jetés de fleurs.

111 — Compotier à bords découpés, décoré en couleurs d'une gerbe et de jetés de fleurs.

112 — Assiette analogue au compotier précédent.

113 — Assiette à bords festonnés, décor polychrome de branches fleuries et oiseaux.

114 — Petit compotier à bords découpés, décor polychrome au carquois, avec lambrequin quadrillé à la chute.

115 — Petit compotier à bords découpés, décor polychrome de fleurs au centre, avec lambrequin fleuri en bordure.

116 — Petite fontaine d'applique non couverte, décor polychrome de lambrequins et volutes.

117 — Deux assiettes à bords festonnés, décor polychrome à la corne tronquée, avec haie fleurie et insectes.

118 — Assiette à bords festonnés, décor polychrome de branches fleuries et oiseaux.

119-120 — Deux paires de lévriers assis, décorés au naturel.

121 — Assiette, décor polychrome de style chinois : paysage avec deux personnages, l'un d'eux tenant une ombrelle.

122 — Compotier à bords festonnés, décor polychrome ; au centre, une corbeille fleurie ; au pourtour, guirlandes de fleurs, compartiments quadrillés et ornements.

123 — Petit plat à bords festonnés, décor polychrome ; au fond, branches fleuries, tigre et oiseaux ; au pourtour, branches de fleurs. — Diam., 25 cent.

124 — Saladier, décor polychrome : *l'Arbre d'amour*, composition d'un grand nombre de figures et longues inscriptions. Date de 1785. — Diam., 30 cent.

125 — Joli pichet à panse ovoïde à double paroi, à quatre compartiments renfermant des paysages en camaïeu bleu et entre-deux à rosaces saillantes découpées à jour et à décor de fleurs polychromes sur fond bleu. Le col et le couvercle présentent des paysages en bleu et des fleurs polychromes sur fond bleu. A la base, les noms de *Pre. Adrien. Tellière* et la date *1774*.

126 — Grand pichet de forme analogue, décor polychrome à médaillons de paysages et entre-deux à fleurs sur fond bleu. Il porte les noms d'*Antoine Rémy Rault* et la date de *1780*.

127 — Deux petits noirs assis, décor polychrome.

128 — Petit pichet formé d'un personnage assis sur un baquet renversé, décor polychrome.

129 — Pichet couvert, à décor polychrome à fleurs sur fond bleu et médaillons de paysages en camaïeu bleu. Il porte les noms de *Jacques Mine 1780*.

130 — Petit pichet couvert, décoré de fleurs et d'ornements polychromes.

131 — Petit vase de pharmacie, à panse sphérique; anse à torsade et goulot droit; décor polychrome à médaillon de paysage et fond bleu à rinceaux réservés en blanc. — Haut., 21 cent.

132 — Bénitier, dont la plaque, cantonnée de deux figures d'anges debout, est décorée d'un paysage en camaïeu bleu. La cuvette présente un bouquet de fleurs polychromes.

133 — Christ en croix, dans un encadrement composé d'ornements rocaille et placé au-dessus d'une cuvette formant bénitier. Le tout à décor polychrome.

134 — Porte-huilier de forme oblongue à pans et à deux anses, mascarons saillants, décor polychrome au pourtour, pagodes et arbustes. Sur le dessus, branches fleuries sur fond bleu.

135 — Porte-huilier de même forme, décor polychrome. Au pourtour, Chinois assis dans un paysage entre deux galons jaunes niellés de noir; sur le dessus, quadrillages verts.

136 — Porte-huilier de forme analogue, décor polychrome à quadrillages verts et fleurs.

137 — Porte-huilier oblong à deux anses surélevées et arrondies, accompagné de ses burettes, décor polychrome à fleurs.

138 — Porte-huilier analogue à celui qui précède, mais plus petit.

139 — Jardinière de suspension formée d'un couvercle rond à attache formée d'un serpent enroulé, décor polychrome

à fleurs et armoiries des familles du Chesne, sieurs de Saint-Marc de Préaux, près Pacy-sur-Eure, et du Chesne, sieur des Chatelliers.

140 — Soupière ronde, à contours et à deux anses, décor polychrome à la corne.

141 — Plat rond à bords festonnés, décor polychrome à la double corne. — Diam., 39 cent.

142 — Écuelle couverte et un plateau rond, ce dernier à bords festonnés, décor polychrome à fleurs. A l'intérieur de l'écuelle, sainte Madeleine en prière et les noms de *Madelaine Ermerouste;* au-dessous, la date de 1771. Les anses plates de l'écuelle sont formées de dauphins.

143 — Deux jolies mules à décor d'ornements polychromes et talons émaillés jaune.

144 — Boite à épices à trois places et à trois branches, décorée de fleurs polychromes.

145 — Boîte analogue moins riche.

146 — Fontaine d'applique avec bassin et couvercle, à décor polychrome de guirlandes de fleurs et lambrequins avec coquille au goulot.

147 — Petite fontaine polychrome, composée d'un enfant à califourchon sur un tonnelet porté par quatre lions assis.

148 — Autre petite fontaine analogue à la précédente.

149 — Grande fontaine formée d'un enfant à califourchon sur un tonnelet et tenant une gourde, décor polychrome.

150 — Fontaine d'applique couverte à décor polychrome : lambrequins, quadrillés et pendentifs de fleurs avec mascarons au goulot.

151 — Théière ovoïde couverte à décor polychrome de bouquets de fleurs.

152 — Deux jardinières d'applique semi-cylindriques à décor polychrome, l'une, de fleurs, l'autre, de lambrequins.

153 — Deux encriers, l'un trilobé, l'autre carré, à décor polychrome de fleurs et lambrequins.

154 à 158 — Trente-six assiettes à sujets dits révolutionnaires dont : la Bastille, les Mânes de Mirabeau, l'Arbre de mai, etc. (Ce lot sera divisé.)

159 — Trois assiettes au ballon.

160 — Six assiettes à décor polychrome : figures de saints personnages et de saintes femmes debout.

161 — Quatre assiettes, décor polychrome, représentant chacune une des Saisons et portant les noms de Jean Chevalié et René Poupelard et la date de 1808.

162 — Environ vingt-cinq assiettes à décors variés polychromes.

163 — Assiette à bords festonnés décorée de grappes de raisin et de larges fleurs polychromes.

164 — Deux pieds de croix, l'un à décor bleu, l'autre polychrome.

165 — Trois jardinières-appliques polychromes, à décor de fleurs.

166 — Pot à eau à anse, non couvert, décor polychrome de guirlandes de fleurs.

167 — Autre pot à eau polychrome, guirlandes de fleurs.

168 — Bassin à huit pans et à deux anses à décor polychrome de fleurs et palmes.

169 — Crachoir de forme lenticulaire à décor polychrome de galon imbriqué.

170 — Autre crachoir à décor polychrome de fleurs.

171 — Bassin à huit pans et à deux anses, décor polychrome de lambrequin quadrillé et fleuri. Sinceny.

172 — Bassin à huit pans et deux anses, décor polychrome de fleurs.

173 à 175 — Six assiettes à bords festonnés, décor polychrome à la corne d'abondance.

176 — Deux plats oblongs à bords contournés, décor polychrome à la double corne d'abondance.

177 — Plat rond à bords contournés, jetés de fleurs en couleurs.

178 — Assiette à bords festonnés, décor polychrome à la corne tronquée avec haie fleurie.

179 — Deux assiettes à bords festonnés, décor polychrome de branches fleuries et oiseaux.

180 — Plat rond à bords festonnés, décor polychrome à la haie fleurie ; au marli, lambrequin fleuri.

181 — Deux plats à barbe polychromes à décor de fleurs, guirlandes de fleurs et lambrequins.

182 — Sept saucières bleues et polychromes à fleurs.

183 — Cruche à anse à décor polychrome de fleurs.

184 — Petit vase pot-pourri polychrome à fleurs.

185 — Cruche polychrome formée d'un personnage assis sur un tonnelet.

186 — Pot à eau couvert à décor polychrome : branches fleuries et oiseaux.

187 — Cornet couvert sur piédouche, à décor polychrome de lambrequins, guirlandes de fleurs et serpents.

188 — Grande écritoire de forme contournée, décor polychrome à la haie fleurie, avec oiseaux et insectes.

189 — Bourdaloue à décor polychrome de branches fleuries.

190 — Petit bassin à huit pans et deux anses, lambrequin polychrome.

191 — Deux assiettes à bords festonnés, décor polychrome de fleurs avec quadrillés verts et filets carmin au marli. Atelier de Levavasseur.

FAIENCES DE ROUEN

Décor bleu.

192 — Grand plat rond, décor bleu. Au fond, un double écu d'alliance timbré d'une couronne de marquis et cantonné d'un lion rampant et d'un mouton sur un motif de ferronnerie. Au pourtour, couronne d'ornements, de mascarons et de branches de fleurs. Au marli et à la chute, riches lambrequins et guirlandes de fleurs. — Diam., 49 cent.

193 — Très grand plat rond, décor bleu. Au fond, une rosace avec fleurette au centre. Au pourtour, couronne de rinceaux, et, au marli, riches lambrequins à vignettes, fleurs, feuillages et ornements sur fond bleu. — Diam., 55 cent.

194 — Grand plat rond, décor bleu. Au fond, motifs de ferronnerie dans un médaillon circulaire. Au pourtour, couronne composée de trois motifs trois fois répétés et alternant : oiseaux sur arbustes, branches de fleurs et ornements. — Diam., 51 cent.

195 — Grand plat rond, décor bleu. Au fond, motifs de fer-

ronnerie et vases circonscrits dans un médaillon circulaire. Au marli, couronne d'ornements analogues. — Diam., 47 cent.

196 — Plat rond, à décor bleu rayonnant. Au centre, un oiseau dans une rosace à lambrequins. Au pourtour et au marli, motifs de ferronnerie rayonnants. — Diam., 46 cent.

197 — Grand plat rond, décor bleu. Au fond, une rosace avec couronne d'ornements au pourtour. Marli à lambrequins sur fond bleu et motifs d'ornements en entre-deux. — Diam., 54 cent.

198 — Très grand plat rond, décor bleu. Au fond, large rosace fleurie et à rayons. Au pourtour, couronne de fleurettes. Au marli, lambrequins ornés et à fond bleu. — Diam., 55 cent.

199 — Grand plat rond, décor bleu. Au fond, rosace et couronne de ferronnerie. Au marli, lambrequins ornés. — Diam,, 52 cent.

200 — Grand plat rond, décor bleu. Au fond, rosace lambrequinée avec fleur au centre, et couronne de ferronnerie au pourtour. Le marli présente des godrons simulés et une couronne de fleurons. — Diam., 53 cent.

201 — Plat rond, décor bleu. Au centre, une rosace avec galon au pourtour. Le marli présente des godrons et des rinceaux lambrequinés. — Diam., 37 cent.

202 — Plateau lobé, à bord légèrement évasé et godronné, décor bleu. Au centre, armoiries timbrées d'une couronne de marquis et cantonnées de deux figures d'anges debout. Au pourtour, double couronne d'ornements. — Diam., 45 cent.

203 — Plateau rectangulaire à deux anses en torsade, décor bleu à fleurs et ornements. — Larg., 41 cent.

204 — Plat rond, décor bleu. Au fond, vue de ville avec cours d'eau. Au marli, lambrequins et ornements variés. — Diam., 44 cent.

205 — Plat rond, décor bleu. Au fond, rosace à huit palmes rayonnantes et ornées, se détachant sur un médaillon circulaire à fond bleu, rehaussé de feuillages et de fleurettes. Au marli, ornements et feuilles.— Diam., 43 cent.

206 — Saladier à côtes, décor bleu. Au fond, un paysage avec monument.

207 — Saladier profond, décor bleu. Au fond, une corbeille de fleurs. Au bord, large galon à quadrillages, fleurs et réserves. Au pourtour extérieur, branches fleuries.

208 — Pichet, à décor bleu. Sur la face de la panse, scène de tabagie à trois personnages. Le reste du vase est couvert de fleurs et d'ornements, dont partie sur bleu. — Haut., 26 cent.

209 — Pichet décoré de festons de fleurs et de feuillages en camaïeu bleu. — Haut., 29 cent.

210 — Deux petits pichets, à décor bleu. — Haut., 19 et 21 cent.

211-212 — Quatre hanaps à côtes verticales, variés de décors en camaïeu bleu. (Ce lot sera divisé.) — Haut., 24, 23 et 22 cent.

213 — Deux vases de pharmacie à panse ovoïde, à anse et à goulot droit; décor bleu à lambrequins et ornements feuillagés. — Haut., 20 cent.

214 — Deux petites caisses à fleurs de forme carrée, avec

pommes tournées aux angles supérieurs ; décor bleu à lambrequins ornés et feuillages. — Haut., 23 cent.

215 — Bassin ovale et à côtes, à deux anses en torsade; décor bleu à lambrequins et feuillages. — Larg., 40 cent.

216 — Hanap forme casque, avec mascaron saillant sous le goulot; décor bleu à rinceaux, feuillages, coquilles et ornements variés. — Haut., 29 cent.

217 — Hanap analogue à celui qui précède, mais plus petit. — Haut., 24 cent.

218 — Autre hanap analogue, encore plus petit. — Haut., 21 cent.

219 — Hanap analogue à celui qui précède, mais moins bien réussi. — Haut., 22 cent.

220 — Pichet, à décor bleu. Au pourtour de la panse, paysage, avec les figures d'un bûcheron et d'un chasseur, ce dernier accompagné de son chien. Au col, ornements sur fond bleu et feuillages dans les entre-deux. Il porte les noms de *Michel l'Enfant* 1725. — Haut., 26 cent.

221 — Porte-huilier ovale à trois pieds bas et anses à mascarons, décor bleu à fleurettes, imbrications et arabesques.

222 — Porte-huilier de forme analogue, décor bleu à rinceaux sur le dessus, et bande d'ornements au pourtour,

223 — Porte-huilier formé de deux récipients hexagones, décoré de fleurs et de fruits en camaïeu bleu.

224 — Trois porte-huilier et six petites burettes, à décor bleu et polychrome.

225 — Sucrière à saupoudrer en forme de balustre, avec cou-

vercle en dôme repercé, décor bleu de lambrequin auquel sont suspendus des bouquets de fleurs.

226 — Sucrière de même forme que la précédente, décor bleu de lambrequins.

227 — Grande baratte de forme conique avec couvercle, décor bleu de lambrequins, guirlandes de fleurs et palmettes. Sur chaque face, écusson aux armes de la famille de Bouillon.

228 — Bannette oblongue à angles coupés et à deux anses, décor bleu comprenant un motif central orné de mascarons, fleurs et draperies, et une bordure lambrequinée. Même décor qu'au n° 10.

229 — Bannette oblongue à angles coupés et à deux anses, décor bleu composé d'un panier fleuri avec jetés de fleurs alentour et étroite bordure.

230 — Bannette de forme allongée et contournée à anses torsades, décor bleu de lambrequins.

231 — Bannette analogue à la précédente, mais plus petite.

232 — Petite bannette de forme contournée à deux anses, décor bleu de fleurs.

233 — Bannette oblongue à angles coupés et à deux anses, décor bleu. Au centre, branche fleurie ; à la chute, lambrequin.

234 — Assiette décorée en bleu : rosace centrale entourée d'une couronne de rinceaux avec galon dentelé en bordure.

235 — Assiette décorée en bleu : rosace rayonnante au centre ; bordure lambrequinée au marli.

236 — Deux compotiers ronds décorés en bleu : au centre, rosace rayonnante : bordure lambrequinée.

237 à 239 — Trois compotiers octogones à bords festonnés, décor bleu, comprenant, au centre, une corbeille de fleurs ; à la chute, des quadrillés reliés par des guirlandes de fleurs.

240 — Compotier octogone décoré en bleu : au centre, corbeille de fleurs ; à la chute, pendentifs alternant avec des bouquets de fleurs.

241 — Assiette décorée en bleu : au centre, écusson armorié timbré d'un casque et supporté par deux lions ; galon au marli.

242-243 — Deux assiettes décorées en bleu : au centre, petite rosace ; au marli, lambrequin enguirlandé.

244 — Assiette décorée en bleu : au centre, écusson armorié timbré d'une couronne de comte ; au marli, lambrequin fleuri.

245-246 — Deux assiettes décorées en bleu aux armes de Jean le Normand, évêque d'Évreux, de 1710 à 1733. Au revers, la lettre *M*.

247 — Fontaine d'applique, non couverte, décorée en bleu : lambrequins et guirlandes de fleurs, avec coquille au goulot.

248 — Fontaine d'applique, à pans, décorée en bleu : lambrequins avec mascaron au goulot.

249 — Fontaine d'applique, non couverte, à panse, taillée à pans ; décor bleu de lambrequins et de montants chargés de rinceaux ; mascaron au goulot.

250 — Fontaine d'applique, non couverte, à décor bleu de lambrequins et fleurs avec deux goulots ornés de mascarons.

251 — Fontaine d'applique de forme cylindrique, avec couvercle, à décor bleu, de semé de branches fleuries.

252 — Pot à eau, avec anse, mais non couvert, décoré en bleu : quadrillages, guirlandes et lambrequins.

253 — Bassin octogone, à deux anses, décoré en bleu : galon et lambrequin.

254 — Cruche à panse ovoïde, décorée en bleu : paysage et lambrequins.

255 à 257 — Trois plats oblongs, à angles coupés, de dimensions différentes, décorés en bleu : corbeille de fleurs au centre ; galon au marli.

258 — Plat oblong, à bords festonnés, décor bleu : au centre, corbeille de fruits ; au marli, lambrequin quadrillé.

259 — Plat rond, à décor bleu : rosace entourée d'un filet bleu avec dentelle en bordure.

260 — Plat oblong, à bords contournés, décor bleu de palmettes et motifs de ferronnerie.

261 — Plat ovale, à décor bleu : rosace au centre entourée d'un cordon de fleurons avec galon au marli.

262 — Plat oblong, à bords contournés, décor bleu : au centre, écusson armorié timbré d'un casque.

263 — Plat octogone, à décor bleu : au centre, une fleur ; au marli, lambrequin.

264 — Petit plat oblong, à angles coupés, décor bleu de corbeille fleurie.

265 — Grand plat oblong, à bords contournés, décor bleu ; au centre, large rameau fleuri.

266 — Grand vase-applique de pharmacie, à anses en forme de serpents ; décor bleu et inscriptions.

267 — Bannette octogone, à bords festonnés et à deux anses ; lambrequin bleu en bordure.

268 — Plat rond, à bords contournés, décor bleu : au centre, corbeille de fleurs ; au marli, lambrequin auquel sont suspendues des guirlandes de fleurs.

269 — Deux plateaux octogones sur piédouches, décor bleu de corbeille de fleurs et galons.

270-271 — Deux bidets de dimensions différentes, à décor bleu de branches fleuries.

FAIENCES DE NEVERS

272 — Plat rond, décor bleu ; au fond, armoiries des ducs d'Harcourt timbrées d'une couronne ducale et cantonnées de deux lions héraldiques ; au marli et à la chute, fleurs, attributs divers et ornements de caractère japonais. — Diam., 49 cent.

273 — Très grand plat rond à décor bleu ; au fond, large écusson armorié timbré d'une couronne de marquis et cantonné de deux lions héraldiques debout sur une terrasse ; au marli, bouquets de fleurs rayonnant. — Diam., 55 cent.

274 — Plat rond, décor bleu ; au fond, rochers, arbustes fleuris, palmier et cerfs ; au marli, couronne de feuillages et d'ornements symétriques. — Diam., 46 cent.

275 — Grand plat rond, décor bleu, de style chinois ; au fond, paysage avec personnages ; au marli, couronne de fleurs et de feuillages. — Diam., 51 cent.

276 — Autre grand plat rond à décor bleu, de style chinois,

entièrement couvert d'un paysage avec personnages. — Diam., 47 cent.

277 — Grand plat rond, décor bleu et manganèse, de style chinois : scènes familières dans des paysages. — Diam., 54 cent.

278 — Grand plat rond, décor bleu et manganèse; au fond, scène champêtre à quatre personnages : au marli, larges bouquets de fleurs. (Peut-être de Saint Jean du Désert ?). — Diam., 53 cent.

279 — Plat rond, décor bleu et manganèse, de style chinois : paysages avec personnages. — Diam., 48 cent.

280 — Assiette à bords festonnés, décorée de fleurs et de feuillages formant rosaces et quadrillages.

281 — Grand plat ovale à décor bleu en plein : personnages chinois dans un paysage.

282 — Deux vases de pharmacie à panse ovoïde, à anse et à goulot droit ; décor bleu à rochers fleuris et ornements rehaussé de filets de manganèse. — Haut., 25 cent.

283 — Buire à panse ovoïde, goulot replié et anse à torsade; décor bleu de style chinois. — Haut., 32 cent.

284 — Buire analogue à celle qui précède. — Haut., 32 cent.

285 — Petit bassin ovale reposant sur quatre pieds bas et à deux anses en torsade, décoré de fleurs émaillées blanc sur fond bleu de Perse. — Larg., 20 cent.

286 — Crucifix : la croix en bois repose sur un pied en faïence de Nevers, présentant en couleurs le buste de sainte Madeleine; le Christ est également en faïence de Nevers, décorée au naturel.

287 — Grand bassin ovale à deux anses, décor bleu de paysages.

288 — Gourde aplatie avec anneaux de suspension, décor bleu de paysages animés.

289 — Jardinière en forme de commode, à décor polychrome.

290 — Pot-attrape présentant des emblèmes révolutionnaires, deux saints et l'inscription : *Pairrine Siret, 1791.*

291 — Lanterne à main, à décor polychrome : Femmes se battant.

292 — Gourde à double renflement, à décor polychrome de fleurs et papillons.

293 — Jardinière formée d'un personnage japonais étendu à terre, décor polychrome.

294 — Petit vase à pans, à décor bleu et manganèse de personnages, habitations et paysage dans la manière chinoise.

295 — Petit plat rond à décor bleu et manganèse : armoiries de prélat.

296 — Plat ovale bleu et manganèse : Évêque debout.

297 — Deux petits plats bleu et manganèse : Chinois.

298 — Assiette bleue : Tobie et l'ange.

299 — Deux compotiers, l'un bleu et manganèse, l'autre bleu : Chinois.

FAIENCES DE MOUSTIERS

300 — Assiette à bords festonnés, à décor polychrome; au fond, berger jouant de la musette ; au marli, guirlandes de fleurs.

301 — Assiette à bords festonnés, à décor polychrome; au fond, berger et chèvres; au marli, guirlandes de fleurs.

302 — Assiette à bords festonnés, décor polychrome; au centre, trophées d'étendards; au marli, corbeilles de fleurs, oiseaux et guirlandes.

303 — Plat oblong à bords contournés décoré en bleu. Au fond, personnage allégorique entouré de draperies, animaux chimériques et rinceaux déliés; étroite bordure.

304 — Plat ovale à bords festonnés décoré en bleu. Au fond, large motif comprenant un personnage mythologique debout dans une niche d'architecture accostée de cariatides et placée au milieu de personnages grotesques, de dais et de menus rinceaux.

305 — Plat oblong à bords contournés décoré en bleu : personnage mythologique, cariatides et chimères.

306 — Petit plateau à bords contournés décoré en bleu d'un motif à la Bérain, à buste, mascarons et rinceaux.

307 — Petit plateau lobé décoré en bleu d'un motif à la Bérain : bustes et cariatides.

308 — Petit plateau carré à bords contournés, décor bleu : grotesques arrosant un vase de fleurs.

309 — Deux assiettes décorées en bleu. Au centre, motif rayonnant; à la chute, bordure simulant un cordon d'oves.

310 — Deux assiettes décorées en bleu. Au centre, un monogramme timbré d'une couronne ducale; au marli, un galon.

311 — Bassin oblong à bords contournés, décor bleu : corbeille de fleurs et dentelle en bordure.

312 — Assiette à bords festonnés, décor orangé : oiseaux et fleurettes.

313 — Deux assiettes à bords festonnés, décor orangé : personnages et fleurettes.

314 — Porte-huilier oblong et à pans, avec anses formées de têtes d'animaux, décor polychrome à fleurs.

315 — Deux soupières oblongues à contours avec anses à mascarons têtes d'animaux, décorées de figures grotesques et de fleurs en camaïeu jaune. Chacun des couvercles porte à l'intérieur la marque d'Olery Périn.

316 — Grand plat ovale à contours, de même décor que les soupières qui précèdent et provenant du même service.

317 — Plat analogue à celui qui précède, mais plus petit.

FAIENCES FRANÇAISES DIVERSES

318 — Faience du Midi. Assiette, décor polychrome : personnage, costumé à l'orientale, frappant un oiseau à l'aide d'une massue, dans un paysage avec arbustes et branches de fleurs.

319 — Varage. Assiette à bords festonnés à fond jaune et décorée de jetés de fleurs polychromes.

320 — Faience du Midi. Assiette à bords festonnés à décor bleu; armoiries au centre et hachures au marli.

321 — Faience du Midi. Jardinière-applique polychrome couverte, ajourée en manière de treillage.

322 — Faience du Midi. Plat long à décor polychrome : Chinois dans un parc.

323 — LILLE. Assiette décorée en bleu aux armes d'un évêque de la famille de Crussol-Uzès; étroit lambrequin au marli.

324 — Plat rond, décor bleu. Au fond, vase de fleurs et larges motifs de ferronnerie dans une couronne d'ornements. Au marli, compartiments de feuillages et fleurs. — Diam., 50 cent.

325 — BORDEAUX. Plateau oblong à pans, décor bleu, avec deux couronnes pour y placer les burettes; d'un côté, le monogramme du Christ; de l'autre, celui de Marie. Entre les deux, sainte Claire d'Assise nimbée, debout, portant la crosse et un ostensoir. — Larg., 31 cent.

326 — BORDEAUX (?). Vase piriforme renversé à col droit et sur piédouche large, avec anses formées de têtes de lions, décor bleu à lambrequins, ferronneries, etc., dans le goût rouennais. — Haut., 55 cent.

327 — SCEAUX (?). Belle assiette à bords festonnés, décor polychrome. Au fond, la magnanimité d'Alexandre. Au marli, quatre trophées d'armes et branches de feuillages.

328 — Quatre pièces : deux cornets et deux gourdes de pharmacie avec anneaux latéraux de suspension : fleurs polychromes; l'une des gourdes avec inscription.

329 — Sept cornets de pharmacie non couverts, à décor bleu de mascaron et volutes avec inscription.

330 — Grand vase sur piédouche à décor polychrome de guirlandes de fleurs.

331 — Porte-huilier à plateau ovale et à deux récipients à galeries, décor polychrome à fleurs. Cette pièce est accompagnée de deux burettes de décor analogue.

332 — SCEAUX. Porte-huilier de forme analogue décoré de fleurettes.

333 — Porte-huilier à deux places et anse formée d'une cariatide de femme, avec burettes; décor de fleurs en camaïeu bleu.

334 — Porte-huilier formé d'un âne debout, décor polychrome avec récipients et burettes décorés de fleurs.

335 — Cinq bénitiers en faïence, variés de formes et de décor.

336 — Deux médaillons ronds offrant en bas-relief et émaillés en couleurs les bustes de Louis-Auguste, dauphin de France, et de M. ANT. ARCH. D'AUT., etc.

337 — STRASBOURG. Quatre assiettes à bords festonnés, décor polychrome de fleurs avec hachures roses et fleurs au marli.

338 — STRASBOURG. Assiette à bords festonnés, décor polychrome de branches fleuries avec jetés de fleurs au marli.

339 — STRASBOURG. Jardinière oblongue à décor polychrome : fleurs avec hachures roses en bordure.

340 — STRASBOURG. Autre jardinière oblongue polychrome . scène rustique et fleurs.

341 — STRASBOURG. Deux moutardiers couverts sur plateau adhérent : fleurs polychromes.

342 — STRASBOURG. Deux porte-bouquets à trois récipients : fleurs polychromes.

343 — STRASBOURG. Saucière de forme contournée, à une anse, décor polychrome de filets et de jetés de fleurs.

344 — STRASBOURG. Petite jardinière carrée à décor polychrome : fleurs et bordure de hachures roses.

345 à 347 — STRASBOURG. Trois corbeilles ovales variées de dimensions, décorées de fleurs à l'intérieur.

348 — STRASBOURG. Corbeille ronde, décorée de fleurs en camaïeu carmin.

349 — Plateau rond ajouré et à deux anses formant corbeille, décorée au fond d'un bouquet de fleurs polychromes.

350 — STRASBOURG. Plateau ovale à bords ajourés, décor polychrome : Chinois pêchant à la ligne.

351 — Plat long à contours décoré de jetés de fleurs polychromes.

352 — Deux assiettes à marli ajouré, décorées de fleurs et d'ornements en camaïeu carmin.

353 — STRASBOURG. Deux assiettes à bords festonnés décorées de fleurs polychromes et de hachures carmin.

354 — Deux autres assiettes décorées de fleurs en couleurs.

355 — LORRAINE. Garniture de trois jardinières dont deux carrées et une oblongue, décor polychrome d'oiseaux et de pendentifs.

356 — LORRAINE. Le Petit Tailleur de pierres, statuette décorée au naturel.

357 — LORRAINE. Porte-huilier oblong à deux anses et à quatre pieds, dont le pourtour, découpé à jour, est décoré de fleurs et d'ornements polychromes. Il est accompagné de deux burettes en verre.

358 — LORRAINE. Porte-huilier analogue à celui qui précède,

avec galeries surélevées et découpées. Il est accompagné de deux burettes en verre taillé.

359 — LORRAINE. Porte-huilier avec plateau forme bateau et récipients à galeries découpées rehaussées de carmin. Fleurs polychromes à l'extérieur du plateau.

360 — Deux soupières et leurs plats en forme de choux, décorés au naturel. Les boutons des couvercles sont formés de colimaçons.

361 — STRASBOURG. Douze pièces diverses, décor polychrome dit au Chinois : assiettes, plats, saladier et compotier.

362 — STRASBOURG. Cinq assiettes, décor polychrome : paons et fleurs.

363 — STRASBOURG. Quatre autres assiettes, de décor analogue : oiseaux et chien.

364 — STRASBOURG. Quatre assiettes : Chinois et fleurs.

365 — LORRAINE. Plat long à contours, décor polychrome à fleurs au centre et bandes carmin au marli rehaussées de rinceaux en réserve.

366 — Deux assiettes à bords festonnés, semées de fleurettes polychromes.

367 — Neuf carreaux gravés de formes diverses, à décor de mascarons, figure allégorique, pélican, XVIe siècle ; dans un même cadre en bois sculpté.

368 — PRÉ-D'AUGE. Épi de faîtage composé d'un vase ovoïde, de diverses pièces à consoles, de mascarons et surmonté d'un pélican nourrissant ses petits. Cette pièce, qui a subi des restaurations, repose sur un piédestal en bois de chêne, sculpté en bas-relief, à bustes et orne-

ments, et qui présente également des demi-balustres-appliques. — Hauteur de l'épi, 1 m. 58 cent. ; hauteur du piédestal, 81 cent.

369 — PRÉ-D'AUGE. Fontaine en forme d'édicule sur la façade duquel est représenté en bas-relief le Christ crucifié.

370 — PRÉ-D'AUGE. Autre fontaine affectant la forme d'une bastille entre les deux tours de laquelle le Christ est crucifié, ayant à ses pieds la Vierge et saint Jean.

371 à 374 — Environ vingt pièces diverses en terre vernissée : fragments d'épis de faîtage, fontaines, gourdes, bassinoires, pots, etc.

375 — Trois pièces en terre vernissée marron : deux daubières et un couvercle.

376 — Petit plat rond sur pied bas, en faïence de Bernard Palissy. Il représente le Sacrifice d'Abraham en bas-relief et il est émaillé en couleurs ; le bord évasé présente des godrons bleus sur fond blanc, et le revers est jaspé. — Diam., 22 cent.

377 — Grand plat ovale à bords évasés émaillés bleu. Il représente en bas-relief le Christ et la femme adultère. Suite de Palissy. — Larg., 47 cent.

378 — Petite coupe ronde à mascarons. Imitation grossière d'une coupe de Palissy.

379 — Petit plat rond décoré d'une sainte face entourée de petits génies vus à mi-corps, reliés par des festons de fleurs. Travail moderne.

380 à 383 — Quinze pièces diverses en faïence de Rubell : assiettes, plaques et carreaux, à dessins gaufrés variés et émaillés vert, brun et violet. (Ce lot sera divisé.)

384 — Plat rond en faïence moderne de Thoune, décoré

d'émaux très brillants sur fond brun et présentant au centre le bonnet phrygien, le niveau, la date de 1789 et les lettres R. F.

385 — Plat analogue à celui qui précède, mais sans emblèmes.

FAIENCES ÉTRANGÈRES

386 — Delft. Statuette décorée au naturel d'un personnage de la comédie italienne.

387 — Delft. Deux vaches debout que deux paysans sont occupés à traire, décor polychrome et doré.

388 — Delft. Deux petites potiches ovoïdes couvertes : réserves de fleurs en bleu sur fond manganèse pointillé.

389 — Delft. Deux assiettes décorées en bleu : branches fleuries.

390 — Delft. Assiette à décor bleu : corbeille fleurie, au fond; fleurs au marli.

391 — Delft. Quatre carreaux de revêtement encadrés, décor bleu de scènes bibliques.

392 — Delft. Deux carreaux de revêtement encadrés, décor bleu de paysages sur fond pointillé manganèse.

393 — Delft. Trois autres encadrés : paysans en bleu sur fond pointillé manganèse.

394 — Delft. Plaque de revêtement de forme contournée, à décor bleu de paysage avec encadrement rocaille polychrome.

395 — Delft. Plaque de revêtement de forme contournée, à

décor bleu de haie fleurie, avec encadrement rocaille polychrome.

396 — Delft. Petite plaque rectangulaire à décor bleu : Moïse sauvé des eaux.

397 — Delft. Quatre carreaux de revêtement, à décor bleu : scènes diverses.

398 — Delft. Petit plat rond à décor bleu : papillon et fleurettes.

399 — Delft. Deux assiettes polychromes : perroquets.

400 — Delft. Sept assiettes polychromes ; au fond, vases de fleurs ; au marli, réserves de fleurs.

401 — Delft. Assiette polychrome : large fleur.

402-403 — Delft. Trois plats de dimensions différentes, à décor bleu : corbeille de fleurs entourée de jetés de fleurs.

404 — Delft. Plat rond à ombilic, décor bleu de fleurs.

405 — Delft. Plat rond creux, décor bleu : rosace et fleurs.

406 — Delft. Plat rond à ombilic, décor bleu : rosace et fleurs.

407 — Delft. Deux assiettes polychromes à décor rayonnant.

408 — Delft. Deux assiettes à décor bleu ; l'une de paysage, l'autre de fleurs dans des réserves.

409 — Delft. Plat rond et creux à décor bleu, vert et rouge ; au fond, rosace à quatre feuilles bleues servant de base à des feuillages verts palmés et à des grenades rouges. Dans les quatre compartiments formant entre-deux, sont des arbustes fleuris. — Diam., 37 cent.

410 — Delft. Plat analogue à celui qui précède, mais plus petit. — Diam., 26 cent.

411 — Delft. Plat rond, décor bleu à rosaces, palmes et anneaux enlacés.

412 — Delft. Plat rond à décor bleu, de style chinois, à arbustes et compartiments de fleurs et d'ornements.

413 — Delft. Plat triangulaire à angles arrondis, décor bleu à fleurs, vases et ornements variés.

414 — Delft. Plat rond à bords évasés gaufrés à bossages, décor bleu à ornements.

415 — Delft. Assiette à décor polychrome; au fond, groupe de trois acrobates; au marli, ornements de style rouennais.

416 — Delft. Deux grands cornets à décor bleu : rochers fleuris, oiseaux et ornements. — Haut., 43 cent.

417 — Delft. Assiette à compartiments de fleurs bleues avec feuillages verts et entre-deux à quadrillages rouges.

418 — Rhodes. Plat rond, à décor polychrome, dans lequel le vert domine. Au fond, dans un cercle entouré de feuilles, motif de lignes géométriques. Au marli, décor filigrané en camaïeu brun. — Diam., 30 cent.

419 — Urbino. Petit plateau rond. Il représente, à l'intérieur, Énée, Didon et l'Amour dans un paysage, et à l'extérieur, des dauphins 'se jouant dans les flots. Le piédouche manque.

420 — Castelli Petit plat, décoré d'un paysage en couleurs, et portant un large écusson d'armoiries.

421 — Bénitier en faïence espagnole, à figures d'anges supportant une couronne, et décor en bleu et jaune.

422 — Savone. Deux plats circulaires, décor bleu en plein de paysage animé.

423 — Faenza. Cornet de pharmacie à décor polychrome : zones de fleurettes et de motifs divers.

424 — Faenza. Autre cornet polychrome : larges fleurs.

425 — Faience italienne. xviiie siècle. Petit seau à décor polychrome : fleurs et oreilles en forme de mascarons.

426 — Faience italienne. Petit plat rond polychrome : la Vierge et l'Enfant.

427 — Faience allemande. Plat rond à bords festonnés, décor polychrome. Au fond, Jean, duc de Saxe, et Martin Luther, debout près d'un autel, avec inscriptions allemandes et date de 1730. Au pourtour, quatre compartiments renfermant des figures allégoriques : la Foi, l'Espérance, etc., et, dans les entre-deux, larges fleurs sur un fond quadrillé. — Diam., 36 cent.

428 — Faience allemande. Pot à eau à décor de cerfs et oiseaux réservés en blanc sur fond jaune.

429 — Terre de Kreussen. Pot cylindrique présentant en reliefs et couleurs les apôtres debout. Couvercle en étain.

430 — Cruche à panse sphérique, en grès d'Allemagne, émaillé bleu et manganèse : écusson armorié et rosaces.

PORCELAINES DIVERSES

431 — Deux plats ronds en ancienne porcelaine de Chine, à décor bleu : femmes dans un pavillon situé dans un jardin.

432 — Deux assiettes en ancienne porcelaine de Chine, à décor bleu : au fond, un enfant sur une terrasse ; au marli, attributs divers.

433 — Deux autres : au fond, un enfant près d'une habitation ; au marli, des fleurs.

434 — Deux compotiers en ancienne porcelaine de Chine, à décor bleu : scène familière.

435 — Deux pièces : assiette et compotier en ancienne porcelaine de Chine, à décor bleu : fleurs.

436 — Compotier en ancienne porcelaine de Chine, famille verte : fleurs et oiseaux.

437 — Compotier côtelé en ancienne porcelaine de Chine, famille verte : personnage dansant et animaux.

438 — Compotier à bords dentelés, en ancienne porcelaine de Chine, famille verte : enfant sur une terrasse dans une réserve entourée d'attributs divers.

439 — Deux soucoupes en ancienne porcelaine de Chine, famille rose : scène familière.

440 — Trois assiettes à bords festonnés, en ancienne porcelaine dite de l'Inde, famille rose : haie fleurie.

441 — Assiette creuse en ancienne porcelaine dite de l'Inde, famille rose : fleurs.

442 — Trois assiettes en ancienne porcelaine de Chine, famille rose : branches fleuries et oiseaux.

443 — Assiette en ancienne porcelaine dite de l'Inde, famille rose : copie de décor européen : sujet mythologique.

444 — Assiette en ancienne porcelaine de Chine, rehaussée de dorure : scène familière; marli quadrillé bleu avec réserves de fleurs.

445 — Assiette en ancienne porcelaine de Chine, famille rose : femme et enfants ; marli vermiculé avec réserves de fleurs.

446 — Bassin octogone en porcelaine dite de l'Inde, décor bleu de paysage avec quadrillé au marli.

447 — Quatre pièces en ancienne porcelaine de Chine : presentoir à fleurs et oiseaux, en émaux de la famille verte, et trois soucoupes, décorées d'attributs et vases de fleurs.

448 — Deux vaches debout, en porcelaine de Chine, décorée au naturel.

449 — Statuette de femme chinoise, en porcelaine de Chine, décorée au naturel et dorée.

450 — Gourde à double renflement, en porcelaine du Japon à décor bleu, rouge, vert et or : fleurs et monogramme.

451 — Assiette en porcelaine du Japon, à décor bleu, rouge et or : fleurs.

452 — Déjeuner solitaire en porcelaine de Naples, décoré de sujets dans le goût étrusque. Il se compose d'un plateau ovale, d'une tasse avec soucoupe et de trois grandes pièces. (Ce cabaret provient de la vente Mosselmann, au château de Condé-sur-Yton, et aurait appartenu à Murat. roi de Naples.) Dans un étui en peau doré au fer.

453 — Diverses pièces en porcelaine de l'Inde : tasses, soucoupes, sucriers, etc.

454 — Soupière oblongue couverte en porcelaine dite de l'Inde, décorée de fleurs polychromes et d'une couronne de feuillages rehaussés de dorure.

455 — Soucoupe à godrons et décor bleu en ancienne porcelaine tendre de Saint-Cloud. Elle porte la marque du directeur de la manufacture, *Trou*.

456 — Deux assiettes en ancienne porcelaine de Chantilly, décor bleu de fleurs.

457 — Compotier en porcelaine tendre de Tournay, gaufré à côtes et décoré de fleurs en camaïeu bleu.

458 — Deux assiettes à dessert, dont l'une en ancienne porcelaine de Sèvres, pâte tendre, décorée de jetés de fleurs polychromes.

459 — Deux soucoupes en ancienne porcelaine de Saxe, décor de fleurs émaillées bleu sur fond doré.

460 — Deux assiettes creuses à bords festonnés en ancienne porcelaine de Saxe, décor polychrome, genre chinois, d'animaux domestiques ; marli gaufré simulant la vannerie.

461 — Deux assiettes en porcelaine d'Allemagne. Au fond, scènes rustiques ; marli rehaussé de dorure.

462 — Plateau oblong à bords festonnés et à deux anses en porcelaine de Saxe : fleurs polychromes, et, à la chute, réserves contenant des oiseaux.

463 — Assiette en porcelaine dure : Vue de port de mer.

VERRERIE

464 à 490 — Environ deux cents pièces de verrerie de Venise, de Bohême et autres, telles que buires, bénitiers, flacons, burettes, confituriers, verres à boire, etc.; quelques pièces sont en verre marbré, d'autres portent des armoiries et des ornements gravés.

BOIS SCULPTÉS

491 — Deux vantaux de portes en bois sculpté ; chacun d'eux est formé de sept panneaux gothiques flamboyants à fenestrages et d'un bas-relief du xvie siècle présentant un saint personnage. — Haut., 2 m. 55 cent.; largeur totale, 1 m. 40 cent.

492 — Devant de bahut du xvie siècle, en bois sculpté : Scène mythologique, accostée de quatre figures allégoriques debout. Encadrement de palmes et cuirs découpés.

493 — Six petites portes en bois sculpté et ajouré, à quadrillages et rosaces.

494 — Panneau rectangulaire du xvie siècle, en bois sculpté, présentant en bas-relief une figure allégorique couchée, dans un médaillon accosté de deux chimères.

495 — Neuf panneaux rectangulaires en bois sculpté, à fenestrages, de décor analogue, mais de dimensions différentes. Fin du xve siècle.

496 — Trois panneaux rectangulaires en bois sculpté, à pendentifs et mascarons. xviie siècle.

497 à 500 — Treize panneaux rectangulaires en bois sculpté, à fleurs de lis, rosaces trilobées et fenestrages. Fin du xve siècle.

501 — Crucifix en bois de chêne sculpté. xvie siècle.

502-503 — Neuf statuettes et hauts-reliefs en bois sculpté et peint, de diverses époques : Saint Hubert, Sainte Véronique, Sainte Barbe, la Vierge et l'Enfant, le Christ et le Père Éternel, Saint Nicolas, deux Apôtres.

504 — Groupe en bois sculpté portant les traces de dorure : le Sauveur porté par quatre chérubins. xviie siècle.

505 — Deux panneaux, l'un rectangulaire en hauteur, écusson armorié, l'autre ovale aux armes d'un évêque.

506 — Groupe en bois sculpté, peint et doré, provenant d'un retable. Saints personnages agenouillés devant la Vierge. Dans le haut, le Christ et le Père Éternel. xvie siècle.

507 — Grande râpe à tabac en bois sculpté, portant les armes de France. xviie siècle.

508 — Autre râpe à tabac en bois sculpté à ornements et portant l'inscription : *Noli me tangere.* xviie siècle.

509 — Petite râpe à tabac en bois sculpté, portant des armoiries et l'inscription : *Le Chevalier du Bourg, 1728.*

510 — Autre râpe à tabac en bois, portant en relief les instruments de la Passion.

511 — Deux pièces : crucifix portant des traces de dorure et statuette de saint personnage peint en blanc.

512 — Statuette de Christ assis sur des nuages et bénissant. xviie siècle.

513 — Médaillon rond, offrant, en bas-relief, le buste du roi Louis XIV, de profil à droite.

SCULPTURES DIVERSES

514 — Ivoire. Christ appliqué sur croix en bois doré et placé dans un cadre en bois sculpté à fleurs et ornements, portant des traces de dorure. Époque Louis XIV.

515 — Ivoire. Petit bas-relief représentant le Jugement de Salomon. XVIIIe siècle.

516 — Ivoire. Tabatière sculptée en bas-relief à figures.

517 — Ivoire. Deux pièces : cachet formé d'une figurine de pêcheur debout, et broche ornée d'un bas-relief représentant le Christ et la Samaritaine.

518 — Albatre. Bas-relief du XIVe siècle représentant le martyre d'une sainte femme.

519 — Albatre. Trois bas-reliefs du XVe siècle, conservant des traces de peinture et représentant Saint Jean, Saint Pierre et Saint Paul debout.

520 — Albatre: Deux petits bas-reliefs : l'un représentant la Sainte Famille, et l'autre un triomphe romain.

521 — Albatre. Fragment de dais gothique, découpé à jour, et conservant des traces de peinture.

522 — Albatre. Deux bas-reliefs, partiellement peints et dorés : la Flagellation, la Mise au tombeau. Fin du XIVe siècle.

523 — Albatre. Trois petits bas-reliefs, avec trace de dorure : l'Entrée à Jérusalem, la Fuite en Égypte, Saint Personnage en prière. XVIe siècle. Encadrés.

524 — Mortier à deux anses, en terre cuite, avec mascarons en bas-relief. XVIIe siècle.

OBJETS VARIÉS

525 — Croix en cuivre champlevé et émaillé sur fond doré, portant en couleurs la figure du Christ, vêtu d'une cote bleue et le torse émaillé blanc, remarquable par la multiplicité des côtes réservées en cuivre. L'extrémité d'une des branches de la croix représente saint Jean et devrait être placée à la droite de la croix. Elle sert, en ce moment, de base à la maîtresse branche. Limoges. XIIIe siècle. Hauteur totale, 45 cent.

526 — Petite croix en cuivre champlevé et émaillé à rosaces sur fond bleu, et crucifix rapporté sur le fond avec cote émaillée, ainsi que les yeux et couronne. Limoges. XIIIe siècle. Haut., 21 cent.

527 — Manuscrit in-8°, sur vélin, du XVe siècle, *Heures de la Vierge*. Précédé du calendrier, suivi de prières en vieux français, enrichi d'encadrements ornés et de douze grandes et jolies miniatures formant têtes de chapitres. Reliure en veau d'époque postérieure.

528 — Manuscrit incomplet, petit in-8° sur vélin, avec lettres ornées du XVe siècle.

529 — Petit manuscrit incomplet du XIVe siècle, enrichi de lettres ornées. Reliure du XVIIe siècle, en veau doré au petit fer.

530 — Jean le Bon, Franc à cheval, monnaie d'or.

531 — Charles V, Franc à pied, 2 pièces, or.

532 — Henri VI, d'Angleterre, salut d'or.

533 à 535 — Fort lot de monnaies et de médailles antiques, du Moyen-Age et des temps modernes, en argent et en bronze.

536 — Deux sceaux en cuivre, l'un d'eux du xve siècle.

537 — Modèle de botte de postillon. xviie siècle.

538 — Trois mortiers en bronze, l'un d'eux fleurdelisé et un autre portant la date de 1602.

539 — Boîte à poids de marcs en bronze garnie de ses poids.

540 — Manche antique en bronze orné d'un buste de femme.

541 — Médaillon en plomb offrant en bas-relief le buste de Maurice de Saxe.

542-543 — Deux petites plaques rectangulaires polychromes en émail peint de Limoges : Saint Jean et le Christ porté par saint Joseph. xviie siècle. Atelier des Laudins.

544 — Petit médaillon ovale polychrome en émail peint de Limoges : Sainte Victoire. xviie siècle. Atelier des Laudins.

545 — Petite plaque oblongue polychrome en émail peint de Limoges : la Bonne Aventure ; au revers, une fleur. xviie siècle. Atelier des Laudins.

546 — Bas-relief en cuivre doré, représentant la Sainte Famille. xviie siècle. Cadre en bois noir.

547 — Crémaillère triple en fer, avec attache cintrée et torse, et branches fleurdelisées. xve siècle.

548 — Deux grands landiers en fer, à tiges décorées chacune de trois têtes fantastiques et pieds à arcatures.

549 — Deux autres grands landiers, décorés chacun de deux mascarons.

550 — Deux petits landiers en fonte à cariatides. xvie siècle.

551 — Grand gril et pince en fer forgé. La pince a deux boutons de cuivre.

552 — Chaudron reposant sur trois pieds et à anse mobile. Le couvercle présente des figures et des animaux en relief.

553 — Deux petites croix en bois incrusté de nacre. Travail de Jérusalem.

554 — Petit garde-cendres en fonte, avec fleur de lis formant applique horizontale.

555 — Plaque de cheminée en fonte, portant les armes de France et la date de 1600.

556 — Petit métier de dame en marqueterie de bois à damier, du temps de Louis XV. Une adresse de fournisseur, appliquée sous l'objet, porte : *Au Singe verd-Vaugeois, cy devant associé du sieur Auxerre, marchand, rue des Arcis, etc., etc.*

557 — Éventail Louis XVI, à monture d'ivoire rehaussée de dorure et feuille peinte à sujet champêtre.

558 — Bonbonnière ronde en écaille, ornée d'une miniature sur vélin : Réunion dans un parc. Époque Louis XVI.

559 — Bonbonnière en poudre d'écaille grise, ornée d'une miniature : sujet de chasse. Époque Louis XVI.

560 — Bonbonnière ronde en ivoire, ornée d'une miniature sur vélin : Moine portant une botte de paille d'où émerge une tête de femme. Époque Louis XVI.

561 — Lot de bijoux ornés de stras.

562 — Bague d'argent avec intaille sur cornaline : Renommée debout.

563 — Lot de coques de montres en cuivre, du XVIIIe siècle.

564 — Deux montres en cuivre ; l'une du temps de Louis XIV, avec cadran à cartouches émaillés ; l'autre, Louis XV.

565 — Deux clefs de chambellan en cuivre. XVIIIe et XIXe siècles.

566 — Petite tabatière ovale en os gravé, à figures, et portant des inscriptions allemandes ayant trait aux marchands de chevaux.

567 — Curieuse montre à boîtier octogone en cuivre avec moulures et attaches en argent. Elle porte des inscriptions gravées. Travail du temps de l'Empire.

568 — Deux cadrans solaires de poche en cuivre. XVIIIe siècle.

569 — Trois pièces en pierre de lard : flacon à thé sculpté en bas-relief et deux figurines accroupies. Travail chinois.

570 — Étrier et divers fragments en fer.

571 — Diverses plaques de postillons des XVIIIe et XIXe siècles, et une enseigne de maître de poste en bronze, représentant un postillon en selle et au galop.

572 — Huit petites gravures ovales anglaises coloriées : scènes enfantines. Cadres dorés.

573 — Cinq écuelles couvertes à oreilles, en étain, à décor de rinceaux, palmettes et entrelacs.

574-575 — Lot de mesures, plats, assiettes en étain.

576 — Deux pièces en cuivre : cruche et bassinoire.

577 — Épée du XVIIe siècle, à poignée en bronze ornée d'amours et de satyres ; double coquille repercée.

578 — Fusil marocain à silex.

579 — Deux bottes de postillons.

580 — Compas de charpentier en fer.

581 — Canne Louis XV, formée d'un jonc à pomme d'ivoire.

582 — Boîte persane à miroir, en carton peint : personnages.

583 à 585 — Lot de haches préhistoriques en silex.

586 à 591 — Lot de poteries gallo-romaines : urnes, vases, amphores, etc.

592 — Lot de verres antiques.

593 à 595 — Fort lot de pétrifications, minéraux, ammonites, etc.

596-597 — Lot de coquillages.

MEUBLES

598 — Bahut rectangulaire du temps de Louis XII, en bois sculpté. La façade se compose de sept panneaux à fenestrages gothiques et aux armes de France, France et Bretagne, du Dauphin, et aux chiffres du Christ et de la Vierge. Serrure à moraillon en fer. — Long., 1 m. 65; haut., 64 cent.; prof., 61 cent.

599 — Bahut rectangulaire de la fin du XVe siècle, en bois sculpté. La façade comprend cinq panneaux à fenes-

trages gothiques séparés par six contreforts. Serrure à moraillon en fer. — Long., 1 m. 79 cent.; haut., 85 cent.; prof., 68 cent.

600 — Meuble forme Ducerceau, en bois sculpté, fermant à deux portes et muni d'un tiroir ; il est orné de colonnettes, de moulures avec motifs dorés sur fond noir, et est surmonté d'un fronton ; la base forme console à fond plein. — Long., 1 m. 18 ; hauteur totale, 2 m. 20 cent.; prof., 53 cent.

601 — Bahut rectangulaire en bois sculpté, en partie du XVIe siècle. La façade est formée de trois panneaux présentant, l'un une scène mythologique, les autres Flore et Cérès, et séparés par quatre statuettes de femmes ; le soubassement offre une frise de chimères. — Long., 1 m. 32 cent.; haut., 76 cent.; prof., 65 cent.

602 — Bahut rectangulaire en bois sculpté, XVIe siècle. La façade présente une scène fantastique entourée d'amours, de fruits et d'animaux chimériques ; statuettes aux angles. — Long., 1 m. 63 cent.; haut., 93 cent.; prof., 75 cent.

603 — Grand et beau bahut de la Renaissance, en bois de chêne sculpté. Il présente, sur sa face et à ses extrémités, deux motifs d'architecture avec niches, dont l'une présente une statuette de Jupiter, et l'autre, Junon debout. Chacune de ces niches est surmontée d'un mascaron et est placée entre deux figures allégoriques debout, supportant des corbeilles de fleurs et sculptées en haut-relief. Le panneau central, sculpté en bas-relief, présente, dans un médaillon ovale, le sujet de la Charité, figurée par une femme et trois enfants. Ce médaillon est placé entre deux figures allégoriques. Le reste du meuble, ainsi que les faces latérales, est décoré de mascarons

et d'ornements. — Haut., 97 cent.; larg., 1 m. 78 cent.; prof., 80 cent.

604 — Grand bahut en bois de chêne décoré de panneaux sculptés, à bustes, couronnes et rinceaux, et de pilastres ornés les reliant entre eux. — Haut., 94 cent.; larg., 1 m. 76 ; prof., 75 cent.

605 — Autre grand bahut en bois de chêne, décoré sur sa face de quatre panneaux représentant des figures de saints personnages debout, séparés par des montants à cariatides. Dans les angles, et sur des mascarons, reposent des figures d'hommes qui portent des corbeilles de fruits. Les faces latérales présentent, dans des cartouches circulaires, des bustes d'homme et de femme. La base du meuble est décorée de godrons. XVIe siècle. — Haut., 1 mètre ; larg., 1 m. 69 cent.; prof., 75 cent.

606 — Bahut Renaissance en bois de chêne, composé de panneaux sculptés en bas-relief et décorés de mascarons et d'ornements. Ces panneaux sont séparés par des demi-balustres tournés. — Haut., 85 cent.; larg., 1 m. 73 cent.; prof., 71 cent.

607 — Bahut rectangulaire en bois sculpté en bas-relief. La façade présente trois panneaux ornés de figures allégoriques dans des niches, et séparés par quatre colonnettes corinthiennes ; le soubassement est décoré de palmettes ; le panneau du milieu forme abattant. XVIe siècle. — Long., 1 m. 30 cent.; haut., 78 cent.; prof., 60 cent.

608 — Bahut rectangulaire en bois sculpté. La façade comprend trois bas-reliefs présentant, l'un, la Madeleine repentante, les deux autres le Christ et la Samaritaine, et la Vierge présentée au Temple. Ces scènes sont séparées par quatre statuettes allégoriques. Le panneau du milieu

forme armoire. XVIe siècle. — Long , 1 m. 62 cent.; haut., 91 cent.; prof., 72 cent.

609 — Grand bahut Renaissance en bois de chêne sculpté, décoré de panneaux à entrelacs avec figure au centre et de pilastres ornés à chapiteaux ioniques. — Haut., 92 cent.; larg., 1 m. 62 cent.; prof., 75 cent.

610 — Cabinet Louis XIII en bois d'ébène incrusté d'ivoire, à sujets de chasse; sur la porte du compartiment central se voit le sujet d'Hercule combattant l'hydre, placé entre deux demi-colonnes. Ce meuble, qui a quatorze tiroirs, repose sur une table en bois noir à six colonnes torses. — Hauteur totale, 1 m. 38 cent.; larg., 1 m. 6 cent.

611 — Cabinet Louis XIII en ébène gravée à fleurs et paysages avec moulures guillochées; il ferme à deux portes et contient douze tiroirs et une armoire; table-support à pieds tors. — Larg., 1 m. 18 cent.; hauteur totale, 1 m. 68 cent.; prof., 50 cent.

612 — Meuble du XVIe siècle en bois sculpté, fermant à deux portes : chaque porte est décorée en bas-relief de deux chimères adossées; aux angles, deux pilastres ornés de palmettes. Ce meuble repose sur une table de même style munie de deux tiroirs. — Larg., 1 m. 5 cent.; haut., 1 m. 72 cent.; prof., 41 cent.

613 — Façade de cheminée monumentale en bois de chêne sculpté. Elle se compose de deux cariatides d'hommes barbus se terminant en gaines, avec corbeilles de fruits sur la tête et supportant un bandeau sculpté en bas-relief et composé d'un mascaron mufle de lion, de rinceaux feuillagés et de têtes de chevaux et de dauphins. Au-dessus, grand panneau offrant en bas-relief et dans une couronne

de feuillages une figure d'Amphitrite assise sur un dauphin. Deux autres dauphins cantonnent le médaillon principal et deux pilastres ornés supportent la corniche sculptée à feuilles. — Haut., 3 m. 42 cent.; larg., 2 m. 80 cent.

614 — Grand bahut en bois de cèdre sculpté, gravé et dessiné au trait, décoré dans toutes ses parties de scènes diverses, de figures de guerriers et de satyres, d'animaux et d'ornements. Italie, XVIe siècle. — Haut., 88 cent.; larg., 1 m. 87 cent.; prof., 72 cent.

615 — Grand meuble en bois sculpté, fermant à quatre portes et muni de deux tiroirs; les portes sont ornées de bas-reliefs représentant les Saisons sous les traits d'enfants en tenant les attributs. XVIIe siècle. Fronton ajouré. — Larg., 1 m. 55 cent.; haut., 2 m. 60 cent.; prof., 60 cent.

616 — Grand meuble en chêne sculpté fermant à quatre portes et muni de deux tiroirs. Il est orné de pendentifs de fruits et de frises à mascarons rapportés du XVIIe siècle. — Larg., 1 m. 65 cent.; haut., 2 m. 10 cent.; prof., 62 cent.

617 — Grand meuble en chêne sculpté, analogue au précédent : les frises et pendentifs sont différents; la frise supérieure présente un cœur enflammé soutenu par deux amours. — Larg., 1 m. 60 cent.; haut., 2 m. 10 cent.; prof., 60 cent.

618 — Meuble en bois sculpté fermant à deux portes séparées et limitées par trois figures allégoriques; il repose sur une table-console à fond plein munie d'un tiroir. — Larg., 1 m. 15 cent.; haut., 1 m. 50 cent.; prof., 57 cent.

619 — Coffre rectangulaire en bois sculpté; il se compose de panneaux gothiques : l'un présentant le sujet de l'Annonciation, les autres à fenestrages, sur lesquels ont été rapportés des contreforts et ornements de même style. — Long., 1 m. 70 cent. ; haut., 85 cent.; prof., 68 cent.

620 — Coffre rectangulaire en bois sculpté, de la fin du XVIe siècle, décoré sur ses faces d'entrelacs, de fleurons et d'une rosace en bas-relief avec pilastre à feuillages aux angles. — Long., 1 m. 8 cent. ; haut., 79 cent. ; prof., 60 cent.

621 — Écran du temps de la Régence en bois sculpté, à motifs rocaille, avec feuille en tapisserie au petit point, présentant une allégorie de l'Astronomie sous les traits d'une jeune femme assise et en tenant les attributs. — — Haut., 1 m. 10 cent. ; larg., 77 cent.

622 — Cartel-applique et son socle de forme contournée, en bois décoré de peintures au vernis : scène galante et fleurs; garniture rocaille en bronze. Époque Louis XV.

623 — Petit rouet en bois laqué noir et or; la tablette présente un décor de paysage avec personnages japonais au premier plan. Travail hollandais. Fin du XVIIe siècle.

624 — Miroir à fronton et encadrement, décorés d'ornements gravés. XVIIe siècle. — Haut., 1 m. 10 cent.; larg., 52 cent.

625 — Petit miroir carré avec cadre à moulures guillochées en ébène. Époque Louis XIII. — Haut., 58 cent.; larg., 51 cent.

626 — Petit coffret oblong en bois sculpté à entrelacs. XVIIe siècle. — Haut., 23 cent.; larg., 37 cent.

627 — Table Louis XIII à pieds tors reliés par des entrejambes.

628 — Joli modèle de carrosse Louis XV en bois sculpté peint en rouge et rehaussé de dorure ; malheureusement incomplet.

629 — Petit rouet en bois tourné.

630 — Petite pendule du temps de Louis XIV en bois noir, ornée de deux colonnettes à chapiteaux corinthiens et garnie d'ornements en bronze. Le fronton, cintré, est surmonté de trois petits vases. — Haut., 50 cent.

631 — Petit cartel porte-montre Louis XV en bois sculpté et doré, orné d'une figurine de berger jouant du flageolet.

632 — Petite armoire-applique ou verrier en chêne sculpté ; la façade est formée de trois panneaux gothiques à fenestrages. — Haut., 53 cent.; larg., 60 cent.

633 — Petit modèle de dressoir en bois sculpté. XVIIIe siècle.

634 — Buffet-vaisselier en noyer fermant à deux portes.

www.ingramcontent.com/pod-product-compliance
Ingram Content Group UK Ltd.
Pitfield, Milton Keynes, MK11 3LW, UK
UKHW031945260826
14628UKWH00004B/1856

9 782329 453910